VENTE LEGRIEL

BELLES

TAPISSERIES

ANCIENNES

RICHE AMEUBLEMENT

EPOQUES ET STYLES

Renaissance et XVIIIe siècle

Me G. DUCHESNE
COMMISSAIRE-PRISEUR
Successeur de Me ESCRIBE
Rue de Hanovre, n° 6

M. A. BLOCHE
EXPERT
Près la Cour d'Appel
Rue de Châteaudun, n° 25

PARIS — 1890

IMPRIMERIE MAULDE ET RENOU

A. MAULDE & Cie

IMPRIMEURS DE LA COMPAGNIE DES COMMISSAIRES-PRISEURS

Rue de Rivoli, 144. — Paris

VENTE LEGRIEL

BELLES TAPISSERIES

ANCIENNES

RICHE AMEUBLEMENT

CATALOGUE

DE

BELLES TAPISSERIES

DE BEAUVAIS, D'AUBUSSON ET DES FLANDRES

DES XVIe, XVIIe ET XVIIIe SIÈCLES

Sujets d'après BOUCHER, HUET, WATTEAU, J. VERNET et PICON

MEUBLES ANCIENS

Salon en tapisserie d'Aubusson du temps de Louis XVI

SUITE REMARQUABLE DE SIÈGES EN BOIS SCULPTÉ

RENAISSANCE ET XVIIIe SIÈCLE

Très beaux Bureaux en bois sculpté et autre ornés de bronzes, Lit, Gaines, Tables, Vitrines Buffets, Paravents

PORTES, BOISERIES, PANNEAUX ANCIENS, GLACES

Gravures du XVIIIe siècle

ÉTOFFES — TENTURES — BRODERIES

PROVENANT

De la Collection et des Magasins de M. LEGRIEL

ET DONT LA VENTE AURA LIEU

PAR SUITE DE CESSATION DE COMMERCE

En vertu d'une autorisation du Tribunal de commerce de la Seine, en date du 9 Avril 1890, enregistree

HOTEL DROUOT, SALLE N° 1

Les Mercredi 7, Jeudi 8 et Vendredi 9 Mai 1890

A DEUX HEURES

Me G. DUCHESNE	**M. A. BLOCHE**
COMMISSAIRE-PRISEUR	EXPERT
Successeur de Me ESCRIBE	*Près la Cour d'Appel*
Rue de Hanovre, n° 6	Rue de Châteaudun, n° 25

CHEZ LESQUELS SE TROUVE LE CATALOGUE

EXPOSITION PUBLIQUE

Le Mardi 6 Mai 1890, de deux heures à six heures

PARIS — 1890

Conditions de la Vente

Elle sera faite au comptant.

Les Acquéreurs paieront, en sus des adjudications, CINQ CENTIMES PAR FRANC applicables aux frais.

Aucune réclamation ne sera admise une fois l'adjudication prononcée.

LE PRÉSENT CATALOGUE SE DISTRIBUE :

A Paris, chez Mᵉ G. DUCHESNE, Commissaire-Priseur, rue de Hanovre, 6,

M. A. BLOCHE, Expert, rue de Châteaudun, 26 ;

A Londres, chez M. G. DONALDSON, New Bond Street, 106 ;

A Francfort-sur-Mein, chez MM. LOVENSTEIN frères, Kaiser Strasse, 4 ;

A Rome, chez M. MOSÉ PIATELLI, via Funari, 31.

A. MAULDE et Cie, imprimeurs des Compagnie des Commissaires-Priseurs, rue de Rivoli, 144. 1000--5522

Désignation

TAPISSERIES

1 — Suite de trois belles Tapisseries de la Manufacture royale d'Aubusson, représentant de charmantes compositions champêtres avec bordures simulant un encadrement orné de jetées de fleurs. XVIIIe siècle.

La première : *La Partie de Quilles*, inspirée de WATTEAU, exécutée sous la direction de PICON, présente une place de village avec perspective des plus souriantes. Au fond des maisons rustiques derrière lesquelles s'élèvent les branchages et la cime des arbres. Une paysanne sur un escalier remet à une autre femme un pichet. Plus loin sur le seuil d'une porte une jeune fille vient regarder la partie de quilles. A gauche à l'entrée d'une ferme est une table couverte de mets, de verres et de pichets. Les poulets et les poules becquètent.

Au premier plan, étendues sur un pli de terrain près d'une mare à canards, une femme dit à l'autre la bonne aventure et occupant toute la partie principale de la place cinq paysans, l'un lançant sa boule dans le jeu assez éloigné, les autres divisés en deux groupes l'observent ou le plaisantent.

Composition de dix figures et ayant été si rarement reproduite, que nous la voyons pour la première fois. Elle a quelque analogie par la par la pensée avec la *Partie de Boules* de Téniers, mais par sa disposition des personnages, l'aspect du site, elle conserve une parfaite originalité, à laquelle vient s'ajouter la grâce incontestable de l'École française.

L. 4m30 ; H. 2m80.

La seconde: *A la Fontaine*, d'après Boucher, offre à droite une jeune paysanne lavant son tablier; elle est distraite par les questions d'un jeune gars apparaissant sous des grands arbres.

Au milieu un galant tresse des couronnes de fleurs et cause avec deux bergères assises près de la fontaine. Autour d'elles: les chèvres, brebis et moutons, un panier de fruits, une corbeille de fleurs et une houlette enrubannée.

Composition de cinq figures d'une tonalité charmante.

L. 2m30; H. 2m80.

La troisième: *Le Colin-Maillard*, d'après Boucher, représente un délicieux coin de campagne, un moulin entouré de verdure, au bord de la rivière. Abrités par de grands arbres, deux jeunes et élégantes fermières tourmentent un paysan, qui les yeux bandés, cherche en vain à les saisir; à gauche une dame, dont le costume trahit une haute naissance et un petit paysan les regardent et s'amusent.

Composition de cinq figures, intéressante par la grâce des personnages dans leurs mouvements et la fraîcheur du coloris des costumes.

L. 2m20; H. 2m80.

2 — Deux très jolis Panneaux en ancienne tapisserie de Beauvais, représentant des draperies avec guirlandes et couronnes de fleurs se détachant avec une rare élégance sur une tenture crème. Époque Louis XVI.

L. 1m50; H. 1m35.

3 — Panneau en tapisserie de la Manufacture royale d'Aubusson, du temps de Louis XVI, représentant *le Naufrage*, inspiré de J. Vernet et exécuté sous la direction de Picon.

Un vaisseau en feu a été abandonné et va venir échouer sur la côte. Des malheureux gagnent le rivage, des pêcheurs au loin appellent au secours, des barques vont à la dérive.

Bordure à guirlandes de fleurs empiétant sur le champ.

L. 2m20; H. 2m25.

4 — Deux belles Tapisseries du temps de Henri II, représentant de gracieuses compositions allégorique, avec personnages en costumes de l'époque, groupés, dispersés dans des parcs sous des bosquets supportés par des cariatides inspirées de Ducerceau. Ils festoient devisant d'amour, cueillant des fleurs. Des chèvres et des singes jouent autour d'eux. Partout se révèle

une végétation luxuriante et en perspective se dessinent des palais et des montagnes avec leurs bordures à suite de palmes et feuillages formant comme des cadres.

Elle sont intéressantes par le plan des jardins à la française, la disposition des sujets et le dessin très gracieux des parties architecturales.

La première : L. 4m85 ; H. 3m50.
La seconde : L. 3m50 ; H. 3m50.

5 — Suite de quatre Tapisseries des Flandres du XVIe siècle, représentant d'importantes compositions à nombreux personnages, scenes allégoriques à l'histoire ancienne, mêlées aux scènes principales des triomphes de Charles-Quint. Bordures larges offrant dans des cartouches des sujets à très petits personnages en costumes de l'époque ; aux angles, des figures symboliques de la Justice, de la Force, de la Paix et de la Guerre, se dessinant sous des arceaux supportés par des cariatides. Entre les médaillons s'élèvent des corbeilles de fruits et de fleurs.

La première : *La Soumission de nombreux Rois et Reines vaincus*, offrent une suite de souverains portant genoux en terre, les clés des villes conquises, leurs couronnes, leurs sceptres à l'Empereur, assis sur un trône abrité par un baldaquin, sous la colonnade d'un palais et entouré des hauts dignitaires de sa cour. A gauche, un magnifique cortège de rois, de reines, de seigneurs à cheval, suivis des porte-étendards, de chevaliers en armures, se dirige vers une ville forte, précédés des sonneurs de trompe ; à l'entrée de la ville les attendent de nombreux soldats avec bannières déployées et flottantes. Cette tapisserie intéressante par l'importance de sa composition, les harnachements des chevaux, les costumes des personnages. A sa bordure sur deux côtés.

L. 5m20 ; H. 2m30.

La seconde : *La Promesse d'union ou de paix*. Un Roi et une Reine en présence de leurs armées rangées de tous côtés autour d'eux, se serrent solennellement la main.

Composition d'une multitude de personnages. Bordure sur deux côtés.

L. 3m80 ; H. 2m20.

La troisième : *La Désertion du Temple*, au fond du monument livré aux flammes, les pontifes, les servants se sauvent en emportant les objets précieux et sacrés ; au premier plan, la Reine assise consulte la Salamandre, des suivantes apporte des fruits à un enfant, le prince sans doute, que l'une d'elles tient sur ses genoux. Bordure sur les quatre côtés.

L. 2m60 ; H. 3m15.

La quatrième : *Le Péage de la Rançon*. Un Roi en armure est asssis sur son trône assisté de ses Ministres et reçoit les tributs que ses vassaux lui offrent les genoux en terre.

Composition de nombreuses figures. Bordure sur les quatre côtés.

L. 2m55 ; H. 3m15.

6 — Suite de trois Tapisseries des Flandres, représentant des scènes de l'histoire ancienne, importantes compositions allégoriques à nombreux personnages, XVIe siècle.

La première : la Réception d'une Reine suivie de ses dames d'honneur et de ses serviteurs, par un Roi assis sur son trône.

L. 3m45 ; H. 2m30.

La seconde : le Mariage d'un Roi et d'une Reine.

L. 3m10 ; H. 2m20.

La troisième : des Cavaliers en armures, fragment de panneau, avec bordure sur un montant.

L. 1m ; 2m25.

7 — Suite de quatre Panneaux en ancienne tapisserie, représentant des paysages avec cours d'eau animés de volatiles, vues de châteaux et de collines en perspective ; les panneaux sont encadrés de bois sculpté Louis XIII, dessin à guirlandes de roses et de feuillages.

Premier : L. 1m75 ; H. 2m25.
Deuxième : L. 1m75 ; H. 2m25.
Troisième : L. 1m35 ; H. 2m25.
Quatrième : L. 1m35 ; H. 2m25.

8 — Décoration de fenêtre en ancienne tapisserie des Flandres, offrant en haut une chasse au faucon ; sur les pentes des médaillons à très petits personnages et des figures allégoriques.

L. 1m35 ; H. 2m40.

9 — Trois petites Tapisseries de la Renaissance, représentant des médaillons à petits personnages mythologiques, des scènes champêtres et des sphinxs au milieu de fruits et de cariatides.

Première : L. 0m65 ; H. 1m80.
Deuxième : L. 0m50 ; H. 2m25.
Troisième : L. 0m50 ; H. 2m25.

10 — Suite de Bordures, de Fragments de panneaux, de Dessus de sièges en anciennes tapisseries des Gobelins, de Beauvais, d'Aubusson, de Bruxelles et de Bruges (Sera divisé).

11 — Beau Tapis de table en tapisserie d'Aubusson, dessin à rosaces de fleurs, rinceaux et guirlandes avec médaillons de fleurs aux angles sur fond vert d'eau. Style Louis XVI.

MEUBLES DE SALON

SIÈGES ANCIENS ET MODÈLES

12 — Très beau Meuble de salon composé d'un Canapé et six Fauteuils en tapisserie d'Aubusson, représentant des médaillons à vases et jardinières remplis de fleurs sur fond blanc, encadrés de guirlandes de fleurs de toutes sortes, d'un délicieux coloris se détachant sur fond vert. Le bois grand modèle sculpté et rechampi de jaune, parties en relief dorées. Époque Louis XVI, encore inspirée par la forme du style de la Régence.

13 — Très beau Fauteuil de l'époque Louis XIV, en bois finement sculpté et doré, dessin à coquilles fleuronnées, à contours élégants, de forme et d'exécution remarquable, couvert en ancien damas de soie rouge de l'époque.

14 — Grand Fauteuil en noyer finement sculpté, de l'époque Louis XIII, bras à volutes et fleurs, couvert en velours de Gênes, fond blanc argent et grands dessins cramoisis de différents tons sur tons.

15 — Grand Fauteuil en noyer sculpté, à pieds-de-biches reliés par un croisillon couvert en tapisserie, bouquets de pavots sur fond jaune, du temps de Louis XIV.

16 — Bois de Fauteuil du temps de Louis XIV, finement sculpté à coquilles et à enroulements

17 — Bois de Bergère en hêtre sculpté à rocailles, rechampi de blanc, Époque Régence.

18 — Fauteuil en bois sculpté et doré, très ornementé, à coquilles ensoleillées et à enroulements, foncé de canne. Époque Louis XIV.

19 — Bois de fauteuil, hêtre sculpté, dessin à rocailles et ornements. Époque Régence.

20 — Fauteuil en bois sculpté et doré, dessin très délicat, relevé de palmes, pieds et bras à élégants contours. Époque Régence.

21 — Fauteuil de forme dite Cabriolet, en bois sculpté. Epoque Louis XV.

22 — Bois de Fauteuil sculpté, dossier à contours avec couronnement à la rose. Epoque Louis XV.

23 — Joli Bois de fauteuil finement sculpté, du temps de Louis XVI, dessin à entrelacs, perles et rais de cœur, pieds cannelés, devant à piécettes enfilées, en partie recouvert de grands feuillages.

24 — Beau Bois de fauteuil à dossier carré, dessin à feuilles d'acanthe entrecoupées de fleurettes, pieds cannelés et devant orné de feuillages. Époque Louis XVI.

25 — Petit Fauteuil en bois finement sculpté et doré, dessin à rais de cœur et perles, pieds cannelés, balustres, supports des bras, dessin à spirales et feuillages; couvert en satin brodé vieux rose et soutache. Époque Louis XVI.

26 — Bois de bergère sculpté, dessin à rais de cœur, piécettes enfilées et rosaces, rechampi de blanc. Époque Louis XVI.

27 — Beau Bois de bergère en noyer sculpté, dessin à feuilles de chêne. Époque Louis XVI.

28 — Joli Bois de fauteuil finement sculpté et rechampi de blanc, dessin à rais de cœur, feuillages et soleil. Époque Louis XVI.

29 — Joli Bois de fauteuil du temps de Louis XVI, dossier à médaillons, dessin à entrelacs, fronton à coquille et jetées de roses, pieds cannelés, devants feuillages.

30 — Bois de fauteuil, dossier à médaillon, dessin à entrelacs et piécettes enfilées. Epoque Louis XVI.

31 — Quatre Fauteuils en bois sculpté, dessin à perles, devants à feuillages et soleils du temps de Louis XVI; les bois ont été redorés. Ils sont garnis et non couverts.

32 — Bois de fauteuil de forme dite Cabriolet, en hêtre teinté. Epoque Louis XVI.

33 — Siège dit Caqueteuse, en noyer sculpté, dossier forme arceau, avec fronton à cartouche. Travail du XVIe siècle, d'après les dessins de Ducerceau.

34 — Très belle Stalle en vieux chêne sculpté, dessin ogival, gothique fleuronné, offrant au dossier un portail à arcade, surmonté de rosaces avec couronne au milieu, montants à colonnettes surmontées de figures de moines prieurs, abrités par des clochetons. Fronton à jour, fleurdelisé, avec lions héraldiques aux deux extrémités. Les panneaux de la façade et des côtés rappellent par leur dessin celui du dossier. L'ornementation prise en plein bois se détache sur fond d'or bruni.

35 — Fauteuil en noyer, finement sculpté, dont les bras se terminent par des masques fantastiques et en haut sous forme de consoles à volutes, couvertes de piécettes et surmontés de petits vases balustres, avec culots à godrons. Style de la première période du XVIe siècle.

36 — Quatre très beaux Fauteuils en bois de noyer sculpté et rehaussé d'or par parties, dossiers et coussins en ancienne broderie d'or et d'argent, dessin raphaélesque d'une grande délicatesse, sur fond de velours rouge avec glands, galons et franges de soie assortis.

37 — Stalle dite Caqueteuse, en chêne sculpté, dossier à fronton. Style XVIe siècle.

38 — Grand Fauteuil de forme Renaissance, en bois noir sculpté, recouvert de moquette à dessins polychromes sur fond clair.

39 — Bois de fauteuil, noyer sculpté, bras en forme de crosses à volutes. Style Louis XIII, première période.

40 — Fauteuil en noyer ciré et sculpté, orné sur le devant d'un bas-relief à cariatides de chérubins dont se détachent des arabesques feuillagées. Style fin Renaissance, garni en blanc.

41 — Bois de chaise en noyer sculpté et ciré ; même modèle que le fauteuil précédent.

42 — Deux Fauteuils, style Henri II, en bois teinté couleur noyer relevé d'or, couverts en velours vert et garnis de gros clous de cuivre.

43 — Chaise de même style que les deux fauteuils précédents.

44 — Magnifique Fauteuil en bois finement sculpté et doré, dessin au soleil, coquilles et palmes, couvert en brocart cannetillé à bouquets de fleurs et branchages polychromes sur fond blanc argent; dossier gaîné en même étoffe. Époque Louis XIV.

45 — Beau Fauteuil en bois finement sculpté, dessin à coquilles et enroulements relevés de feuillages et de jetées de fleurs, couvert en velours de Gênes fond blanc argent, dessin polychrome à bouquets de fleurs avec encadrements à palmettes, garni de galons en passementerie chenillée tons assortis; dossier gaîné de peluche réséda. Style Louis XIV.

46 — Très beau Fauteuil de grand style Régence, en bois de noyer finement sculpté, dessin à rocailles et rinceaux fleuronnés, couvert en velours fond épinglé, dessin rouge ton sur ton à corbeille de fleurs sous baldaquin, guirlandes et autres motifs inspirés de Bérain.

47 — Grand et beau Fauteuil en bois sculpté et doré, dessin à guirlandes de fleurs et feuillages enroulés, couvert en lampas fond cramoisi, dessin à corbeilles fleuries et gerbes de fleurs entourées de festons de rubans en ton maïs et vert pâle. Grand style Louis XIV.

48 — Fauteuil en noyer sculpté, dessin à fleurs et feuillages enveloppant les saillies, garni en blanc. Style Louis XV.

49 — Grand Fauteuil de style Louis XV, en bois sculpté, laqué blanc et bleu pâle, dessin à fleurs et rinceaux, couvert en cretonne fond crème à rayures et bouquets de fleurs, capitonné.

50 — Fauteuil en bois noir sculpté, rehaussé d'or par parties, couvert en velours rouge fond épinglé, dessin velouté à fleurs et feuillages ton sur ton. Style Louis XV.

51 — Fauteuil en bois sculpté et garni, réchampi mauve et blanc, au capiton. Style Louis XV.

52 — Deux grandes Chaises en bois sculpté et doré de même modèle que le fauteuil précédent.

53 — Fauteuil en bois noir sculpté et doré par parties, du temps de Louis XVI, couvert en tapisserie de Neuilly fond rouge, dessin grisaille à corbeilles de fleurs et de fruits encadrées de rinceaux à fleurs et feuillages.

54 — Fauteuil en bois sculpté et doré de l'époque Louis XVI, couvert en lampas ton maïs, dessin à groupes de nymphes, cariatides et amours soutenant des draperies.

55 — Deux Fauteuils en bois sculpté laqué blanc sur fond vert pâle, de l'époque Louis XVI, couverts en tapisserie d'Aubusson à médaillons de fleurs, festons de draperie et rinceaux.

56 — Fauteuil en bois sculpté et doré, dossier à médaillon avec nœud de ruban au fronton, garni de gris. Style Louis XVI.

57 — Beau Fauteuil en bois sculpté et doré, riche dessin à suite d'ornements et grands feuillages de l'époque Louis XVI, offrant au dossier, sur un fond de soie épinglée le chiffre de la reine Marie-Antoinette surmonté de la couronne de France, et sur le siège un semis de fleurs de lis. Travail de broderie et application en bleu turquoise et mordoré.

58 — Très beau Fauteuil en bois finement sculpté et doré du temps de Louis XVI, dessin à entrelacs de rubans semés de petits soleils, bordure à perles, consoles à piècettes et volutes feuillagés, couvert en lampas fond ponceau, dessin grisaille à vases de fleurs, bouquets enrubannés et gerbes de feuillages.

59 — Beau Fauteuil en bois finement sculpté et laqué blanc, du temps de Louis XVI, riche dessin à piècettes, rubans et cannelures, consoles à feuillages et dossier avec fronton à jetées de lauriers, couvert en tapisserie d'Aubusson à bouquets de fleurs, rinceaux et guirlandes fond crème, encadrement bleu pâle.

60 — Fauteuil forme Trône, en bois sculpté et doré, dessin à couronnes de lauriers, rais de cœur et perles, consoles feuillagées et bras se terminant en cartouches feuillagés enveloppant des boules, couvert en pékin de soie rouge avec broderies à vases et corbeilles de fleurs, encadrés de rinceaux et d'épis de blé, tons camaïeux grisailles.

61 — Fauteuil en bois sculpté, laqué blanc à rehauts d'or sur fond bleu pâle, couvert en dauphine rayée et brochée à guirlandes de fleurs, fond crème, monté à capitons. Époque Louis XVI.

62 — Fauteuil en poirier sculpté et noirci avec bande en cuivre molleté et doré, couvert de tapisserie d'Aubusson, représentant au dossier un petit paysan tenant une couronne de fleurs, fond de paysage, sur le siège une allégorie à la fable : le Renard et le Corbeau avec encadrement à draperies et guirlandes de fleurs, style Louis XVI.

63 — Fauteuil en bois d'amaranthe sculpté, richement orné de bronzes dorés, couvert en tapisserie d'Aubusson, dessin à guirlandes et corbeilles fleuries avec nœud de ruban en camaïeu rose sur fond maïs. Style Louis XVI.

64 — Bois de fauteuil, style Louis XIV, sculpté et rehaussé d'or par partie, dessin à coquilles et volutes feuillagées.

65 — Bois de bergère, style Louis XV, doré par parties sur fond blanc, dessin à fleurs et coquilles.

66 — Très beau Bois de chaise finement sculpté, style Louis XIV, pieds à pilastres ornés de chutes de fleurs avec chapiteaux à enroulements et reliés par un croisillon à feuillages, fleurs et rosaces sur tous les côtés.

67 — Fauteuil en bois sculpté et rehaussé de blanc, forme Louis XV, couvert en damas de soie rouge, dessin à fleurs ton sur ton.

68 — Chaise à dossier carré en bois de noyer finement sculpté, pieds forme pilastre à quatre faces reliés par un croisillon, couverte de drap bleu gendarme avec applications. Style Louis XIV.

69 — Grande Chaise de style Louis XIV en bois sculpté, dossier avec fronton à coquilles, pieds forme pilastres très ornés, reliés par un croisillon, couverte en reps dit Gobelins, fond vert, dessin velouté rouge.

70 — Chaise en noyer sculpté, pieds à pilastres drapés avec croisillons, couverte en cuir de Russie et médaillon en panne marron avec chiffre et couronne en application de cuir et broderie de soie encadrée de galons et de clous fleurdelisées. Style XVIe siècle.

71 — Chaise style Henry II, en noyer sculpté, couverte en peluche vieux rouge avec dessus en tapisserie au petit point à paysage, volatiles et quadrupèdes.

72 — Chaise en noyer couverte en application de drap, sertis de soutache métallique sur fond drap rouge, encadré de velours noir, clouté de cuivre.

73 — Chaise en bois sculpté, laqué et rehaussé d'or, couverte en satin noir tissé, vases de fleurs, rinceaux et guirlandes en polychrome. Style Louis XVI.

74 — Grande Chaise de style Louis XVI, en bois d'acajou sculpté, couverte en tapisserie d'Aubusson, fond vieux rose, ornée de broderie, chiffre enlacé avec couronne et rinceaux en ton camaïeu.

75 — Chaise de forme Louis XV, en bois finement sculpté, dessin à fleurs dites de Saxe, sur fond laqué blanc, couverte en soie brochée fond crème à bouquets et guirlandes de fleurs.

76 — Chaise de salle à manger de forme Louis XIV, en noyer sculpté et filets noirs, garnie en blanc.

77 — Chaise dite Carlovingienne, en bois de noyer sculpté, pieds forme X à griffes de lions et feuillages, couverte en peau de porc brodée à petits quadrillés.

78 — Grande Chaise style Louis XIII, en poirier sculpté et noirci, couverte en velours de Gênes, dessin ton corail sur fond mordoré, bordée de galons et de franges assortis, dossier gainé de peluche.

79 — Chaise de style Louis XIII, en noyer tourné et ciré, couverte en velours de Gênes, dessin réséda sur fond rose, bordée de galons et de franges assortis, dossier garni de même étoffe.

80 — Fauteuil de forme fin Louis XIII, en bois noir garni en brun.

81 — Chaise-Chauffeuse, en bois noir sculpté, couverte en velours épinglé, dessin ton sur ton, sur fond rouge.

82 — Chaise en bois sculpté, couverte en cuir repoussé, dessin écusson et ornements. Style portugais, Louis XIII.

83 — Deux Chaises, bois sculpté, couvertes en cuir repoussé, dessin à rosaces et ornement. Style Louis XIII.

84 — Deux Chaises légères, dossiers à médaillons, en bois sculpté et laqué, foncées de canne dorée.

85 — Chaise de style Louis XVI, à haut dossier, bois sculpté, dessin à piècettes avec couronne et gerbe de laurier au fronton, garnie en blanc.

86 — Chaise en bois sculpté et doré par parties, dossier à draperie, style Louis XVI, garnie en blanc.

87 — Chaise légère de style néo-grec, en poirier sculpté et noirci, couverte en applications sur fond drap rouge.

88 — Trois Chaises légères, types différents, De Style Louis XVI.

89 — Prie-Dieu avec chaise en bois sculpté. Style gothique.

90 — Sept Chaises pour salle à manger, modèles divers de styles XVIIe et XVIIIe siècles, les unes couvertes, les autres garnies.

91 — Bois de tabouret forme X, en hêtre sculpté, dessin à rosaces et piécettes. Style Louis XVI.

92 — Deux bois de chaises, style Louis XIV, finement sculptés; types différents.

93 — Trois Bois de chaises légères finement sculptés; types différents de style Louis XVI.

94 — Modèle de petiteMarquise, bois sculpté, forme dite Marie-Antoinette, dessin à rubans, feuilles d'eau et cannelures.

95 — Quinze Chaises et Bois de chaises sculptés, dorés ou laqués, de modèles différents. (Sera divisé.)

97 — Bois de fauteuil articulé, formant Prie-Dieu.

98 — Deux Bois de fauteuils et un Bois de chaise, sculpté et laqué blanc, grand dessin. Style Louis XIV.

99 — Bois de fauteuil sculpté, riche dessin. Style Louis XVI.

100 — Bois de Chaise noyer sculpté, avec plaque en émail à initiales au fronton. Style Louis XVI.

101 — Dix Chaises en palissandre sculpté et ciré, dossiers à frontons, pieds cannelés à croisillons, style Renaissance, dont neuf garnies en blanc.

102 — Bois de tabouret sculpté et doré. Style Louis XV.

103 — Petit Banc de Foyer, couvert en velours de Gênes, dessin à fleurs grenat sur ton mordoré.

104 — Une Chaise de salle à manger en acajou sculpté, couverte en maroquin rouge.

105 — Quatre Bois de chaises hautes de bureau.

106 — **Coin-de-Feu couvert en brocatelle bleue et capitonnée.**

107 — Pouf recouvert d'un tapis de l'Inde, fond de toile piquée, brodé de soie à rosaces et fleurs.

108 — Huit Chaises à dossiers carrés en noyer ciré, couvertes en maroquin rouge. Style Henri II.

SIÈGES DIVERS

109 — Seize Sièges, Chaise longue, petit Canapé, Marquise, grands Fauteuils confortables, deux Fauteuils Buckingham, Fauteuil curul et diverses Chaises forme ottomane et autres capitonnées.

110 — Suite de cinquante Chaises dorées, forme dites légères, couvertes en soie cramoisie.

MEUBLES

111 — Très beau Bureau de grand style Louis XIV forme à contours, tout en ébène, richement garni de bronzes ciselés et dorés : montants enveloppés de têtes et de peaux de lions, sabots à griffes de lions, relevés de grands feuillages à volutes, côtés ornés de cartouches à grandes coquilles sur lesquelles se dessine le triomphe d'Amphitrite encadré de gerbes de roseaux, tiroirs avec poignées formées de dauphins enroulés et entrées de serrures avec appliques à têtes de dieu Pan, les profils sont garnis de chutes de fleurs se détachant sur un fond mat. Le tour du Bureau est orné d'une large moulure brunie et les angles d'agraffes finement ciselees ; dessin à coquille ensoleillées.

112 — Belle Table rectangulaire en bois sculpté et doré posant sur quatre pieds en forme de pilastre, ornée de coquilles feuillagées, reliées par un riche croisillon avec vase au milieu, et présentant sur les deux faces principales du bandeau des coquilles sur cartouches fleuris avec rinceaux à feuillages se détachant de chaque côté et à jour, dessus en marbre rouge griotte avec moulure à doucine. Grand style Louis XIV.

113 — Très beau Bureau forme dite Ministre, en chêne finement sculpté, d'aspect architectural au centre, forme arcade avec montants à colonnes ornementées surmontés de chapiteaux. Les deux battants dissimulent une réserve de quatre tiroirs, dessin à draperies en bas-relief. Les deux tiroirs à hauteur d'appui offrent des frises à arabesques feuillagées, se terminant en têtes d'oiseaux fantastiques. Le dessus à étagères formant dressoir est supporté par quatre colonnettes surbaissées à culots feuillagés, avec draperie surmonté de chapiteaux à feuilles d'acanthe et fleurettes. Une rangée principale de trois tiroirs est décorée de mascarons et d'arabesques raphaélesques. Au-dessous de chaque côté, en plein tablier, dessiné par un cartouche, sont des petits tiroirs avec frises à draperies. Le fronton en retrait est formé par une balustrade à arcades ogivales, et maintenu par deux consoles à volutes. Aux extrémités s'élèvent des brûle-parfums surmontés de flammes. Travail remarquable de style Renaissance. Ce meuble pose sur un socle couvert de moquette rouge.

114 — Beau Lit de milieu en bois sculpté et doré Louis XVI, travail en partie de l'époque, dessin à guirlandes de laurier courant sur les cintres du panneau de tête et du panneau de devant, suite d'entrelacs et de rais de cœur de chaque côté, montants à colonnettes avec cannelure à contours, culot à grands feuillages, surmonté de pommes de pin. Il pose sur quatre pieds cannelés ornés de chutes de fleurettes.

115 — Grande et belle Table en chêne clair sculpté à cinq rallonges et demie; piétement à colonnes cannelées et enguirlandées de lierre. Sur les deux faces principales se détachent des têtes de lions, et suivant les contours du soubassement une frise à feuilles d'acanthe. Style Renaissance.

116 — Dix-huit Chaises carrées à hauts dossiers en chêne clair ciré avec pieds à colonnettes cannelées enguirlandés de lierre, couvertes en maroquin brun. Style Renaissance.

117 — Table rectangulaire en bois noir, garnie de bronzes dorés : frise à arabesques décorant le bandeau et chutes à fleurettes garnissant les cannelures. Piétement à rosace dans le bas, et perles courant tout autour de l'entrejambe. Style Louis XVI.

118 — Gaîne à quatre faces en hêtre sculpté, dessin Louis XVI à couronne de laurier, rosace, chutes de fleurs retenues par un ruban, encadrement à perles et festons de rubans; le dessus entouré d'un tore de laurier et le socle de feuilles d'acanthe.

119 — Chiffonnier à six tiroirs en bois noirci gravé, dessin rehaussé d'or. Style Louis XVI.

120 — Table rectangulaire de style Louis XIII en marqueterie de bois naturel et teinté de couleur, riche dessin, corbeille de fleurs, rinceaux, feuillages, oiseaux, guirlandes et nœuds de rubans.

121. — Jolie Table à jeu en bois de rose, décor en marqueterie de bois de couleur, ornée de bronzes dorés. Style Louis XV.

122 — Table à jeu en palissandre sculpté. Style Louis XV.

123 — Table en noyer à cinq rallonges; piètement sculpté à consoles et chutes de fleurs.

124 — Jolie petite Table octogone avec étagère d'entrejambe en noyer foncé, finement sculpté. Style Louis XII.

125 — Jolie Table octogone en chêne clair finement sculpté, de même style que la précédente.

126 — Meuble en noyer ciré, formant vitrine dans la partie supérieure avec tiroirs au-dessous servant de séchoir à cigares, orné de consoles d'encoignure, et dans le bas formant porte-cannes et parapluies avec piètement à pilastre, couronné par un fronton pouvant supporter une œuvre de sculpture.

127 — Petit Buffet s'ouvrant à deux portes et deux tiroirs avec dessus à étagères et fronton en retrait, en noyer ciré, poignées en cuivre nickelé et tablette en marbre noir fin.

128 — Table ovale en noyer ciré avec piètement à consoles à trois rallonges et demie.

129 — Buffet-Dressoir s'ouvrant à deux portes, avec encoignures arrondies à tablette surmontée d'une étagère et fronton en noyer ciré.

130 — Jolie Console en noyer sculpté, dessin à fleurs et rocailles avec fronton en retrait. Style Louis XV.

131 — Grande Armoire à deux portes en chêne sculpté, avec têtes de lions se détachant en haut-relief et ornée de colonnes torses détachées sur les côtés. Style Louis XIII.

132 — Table à Jeu en palissandre sculpté.

133 — Jolie Table de milieu, ovale, contournée en marqueterie de cuivre sur fond d'écaille de l'Inde, garnie de bronzes dorés, inspirée de Boule.

134 — Paravent à quatre feuilles, en brocatelle vieil or, forme contournée. Style Louis XVI.

135 — Devanture de Vitrine en noyer sculpté à fronton. Style Renaissance.

136 — Paravent à deux feuilles, en pékin doré, fond mordoré, sur plinthe en bois doré.

137 — Tambour de Porte, en quatre parties, composé de deux chambranles en chêne, garnis de glaces et de deux portes recouvertes de panne marron, avec peintures, style Renaissance, en cuivre nickelé et garnies de glaces.

Portes : L. 1m50; H. 2m80.

138 — Porte avec Chambranle, recouverte de panne marron.

L. 0m98; H. 2m25.

139 — Plaque de fonte, pour fond de cheminée, aux armes de France, datée : 1660.

BOIS SCULPTÉS

140 — Deux grandes et belles Cariatides de femmes drapées, allégorie de Flore, avec chutes de guirlandes de lauriers et de fleurs, supportant des chapiteaux à feuilles d'acanthe. Époque Louis XIII.

141 — Dessus de Porte, dessin à cartouche, avec ornements et rinceaux, feuillagés, sculptés à jour et appliqués sur fond de chêne. Style Louis XIII.

142 — Frise en chêne sculpté, dessin à draperie avec glands et tête de chérubin au centre, style Louis XIII.

143 — Deux dessus de Porte, même dessin de chêne sculpté. Style Louis XIII.

144 — Deux Panneaux d'entre-deux en bois finement sculpté, dessin au carquois, enguirlandés de fleurs suspendues par des nœuds de rubans, 'dont se détachent des chutes de roses et de marguerites. Époque Louis XVI.

145 — Deux Dessus de porte en bois sculpté, dessin à ornements et guirlandes de fleurs rehaussés d'or sur fond réchampi de vert clair. Époque Louis XIV.

146 — Deux Portes de meuble en chêne sculpté, dessin architectural avec dauphins, mascarons et chutes de fruits, têtes de lions et frontons à têtes de chérubins. Époque Louis XIII.

147 — Intéressant fragment de Panneau en bois sculpté, offrant en bas-relief le chiffre royal de Louis XIV, avec les fleurs de lis, surmonté de la couronne de France, sur un fond à guirlandes de laurier et rinceaux feuillagés. Travail de l'époque.

148 — Petit Panneau en bois sculpté du temps de Louis XIV, offrant dans un médaillon des têtes accouplées de Mars et de Minerve. suspendu à un motif élégant composé de coquilles, de rinceaux et de jetées de fleurs. Audessous du médaillon est représenté un trophée allégorique d'instruments linéaires.

149 — Trois petits Panneaux, bois sculpté, dessin cornes d'abondance, rinceaux feuillagés. Époque Louis XIV.

150 — Petite Console d'applique en bois sculpté et doré, dessin à branches feuillagées avec soleil se détachant sur un fond d'ornement à jour. Travail de la fin de Louis XIII.

151 — Casque de couronnement pour meuble ou panoplie surmonté de panaches en bois sculpté rehaussé de peintures et de dorures. XVIIIe siècle.

152 — Grand et beau Panneau en bois finement sculpté, représentant un trophée d'objets symboliques, à la célébration du culte hébraïque. tels que le chandelier à sept branches. la mitre du grand pontife, le livre sacré du Pentateuque et le cartouche ensoleillé consacré à l'inscription du nom du Tout-Puissant. Dans le haut et le bas de larges coquilles se dessinent en haut-relief sur un cartouche ornementé et feuillagé. Beau travail du temps de Louis XIV.

153 — Trois petits Panneaux en chêne sculpté, du temps de Louis XIV, dessin à coquilles et ornements avec rosaces au centre.

154 — Demi-Rosace en chêne sculpté. Epoque Louis XIV.

155 — Deux très beaux Panneaux en chêne sculpté, offrant en bas-relief des attributs médaillons à bustes de personnages, têtes de grotesques, casque à grille, trophées de carquois et d'arc au milieu d'ornements feuille d'eau et festons de rubans. Travail intéressant du temps de François Ier.

156 — Trois jolies Frises en chêne sculpté, dessin à arabesques se terminant par des têtes fantastiques ou de grotesques. XVIe siècle.

157 — Deux Écoinçons, en chêne sculpté, dessin à grands ornements et chutes de fleurs. Époque Louis XIV.

158 — Deux jolis petits Panneaux de boiserie finement sculptés, riche dessin d'ornements avec encadrements. Époque Louis XIV.

159 — Cinq petits Panneaux de boiserie finement sculptés, à ornements et rinceaux feuillagés. Du temps de Louis XIV.

160 — Rosace en bois sculpté, avec soleil au centre Provenant sans doute d'une boiserie d'un château royal.

161 — Jolie Console d'applique en bois finement sculpté et doré, dessin à coquilles, enroulements et feuillages à jour. Du temps de Louis XIV.

162 — Bas-Relief en bois sculpté et doré, représentant une corbeille de fleurs et de fruits, travail partie à jour. Époque Louis XVI.

163 — Deux beaux Panneaux de boiserie sculptés, dessin à rinceaux fleuris et ornements avec encadrements à moulures. Du temps de Louis XIV.

164 — Rosace en deux parties, bois sculpté et doré, riche ornementation à guirlandes et cartouches. Époque Louis XIV.

165 — Dessus de porte, boiserie sculptée à écussons, rinceaux fleuris, décorant un encadrement à moulures. Époque Régence.

166 — Grande Rosace boiserie sculptée, avec soleil au centre se détachant très en ressaut, sur un fond à ornements, cartouche à quatre agrafes et rinceaux feuillagés aux écoinçons. Époque Louis XIV.

167 — Trois Hauts-Reliefs sculptés sur bois de fer de Chine, dont deux représentent des assemblées de mandarins, composition de sept personnages chaque, et le troisième représente une scène théâtrale, composition de trois figures.

GLACES

168 — Grande Glace en deux parties, avec cadre à fronton en bois sculpté, dessin à écusson se détachant sur un cartouche à rocailles ornées de fleurs. Époque Louis XV.

L. 1m13; H. 2m25.

169 — Grande Glace avec cadre à fronton, ornements en pâte, tout doré, dessin à mascaron, feuillages et guirlandes de fleurs. Style Régence.

L. 1m10; H. 2m65.

170 — Glace avec cadre semblable.

L. 0m80; H. 2m60.

171 — Deux Glaces avec cadres dorés, partie ornements en pâte. Style Louis XVI.

L. 1m25; H. 1m85.

172 — Glace avec cadre en bois doré et ornements en pâte. Style Louis XV.

L. 1m30; H. 1m70.

173 — Petite Glace biseautée avec cadre à fronton en bois sculpté et doré, riches ornements rocailles. Époque de la Régence.

L. 0m85; H. 1m35.

GRAVURES

174 — **Téniers** (D'après David). *Réjouissances flamandes.* — *Troisième fête flamande*, par J.-G. Le Bas. Cadres en chêne.

174 *bis* — **Watteau** (D'après Antoine). *La Signature du contrat de la Noce de Village*, par Cardon. Cadre en chêne.

175 — **École française**. *La Mort d'Abel*, pièce en couleur. Cadre doré.

176 — **Boucher** (D'après). *Les Baisers* (Deux pendants), par J. Marchand. Cadres dorés.

177 — **Baudouin** (D'après). *Le Danger du tête à tête*, par Simonet. Encadrée.

178 — **Baudouin** (D'après). *Le Lever* et *la Toilette*, par Massard et par Ponce, datées 1771. Encadrées.

179 — **Moreau le jeune** (D'après). *Les Accordailles* et les *Joies du foyer*. Deux pendants par Delignan et par Simonet. Encadrées.

180 — **Freudeberg** (D'après). *Le Coucher*, *Le Lever*, *Le Bain* et le *Boudoir*, quatre jolies gravures encadrees.

181 — **Fragonard** (D'après Honoré). *Les Beignets*, par De Launay. Encadrée.

182 — **Freudeberg** (D'après). *La Félicité villageoise*, *La Gaité conjugale*, par De Launay. Encadrées.

183 — **Le Prince** (D'après). *Le Bonheur du Ménage*, par De Launay. Encadrée.

184 — **Greuze** (D'après). *La Bonne Mère*, par F.-A. David. Encadrée.

185 — **Mlle Gérard** (D'après). *Le Triomphe de Minette* et *l'Élève intéressante*, par Vidal. Encadrees.

186 — **Fragonard** (D'après). *Invocation à Saint Nicolas*, avant la lettre.

187 — **Le Poussin** (D'après). *Paysage d'Italie*, avant la lettre. Encadrée.

188 — **Grandville** *Deux scènes, allégoriques* en charge. Encadrées.

189 — **Feuchère**. Projet de plafond, aquarelle. Encadré.

ÉTOFFES, BRODERIES, TENTURES

190 — Très beau Bandeau de la Renaissance, riche dessin à arabesques et enroulements entrecoupés de corbeilles de fruits et de gerbes en broderie d'or, d'argent et de soie sur fond de velours rouge, bordé d'une passementerie avec longs effilés aux tons assortis et encadré sur trois côtés de panne chaudron.

191 — Beau Caparaçon de cheval avec poitrail et arçons en broderie de soie, applications et soutaches représentant un blason aux armes de Bourbon et de Castille, un encadrement à ornements et garni de franges de soie jaune sur fond de velours rouge Époque. Louis XIV.

192 — Importante suite de Bordures en lampas bleu turquoise, dessin à arabesques d'ornements et de fleurs polychrome et grisaille.

L. 51m30.

193 — Bandeau en toile blanche avec bordure brodée à fleurs et rinceaux en polychrome.

194 — Deux Lambrequins en broderie à guirlandes de fleurs et bouquets détachés sur fond de toile.

195 — Beau Fronton en broderie camaïeu rouge, composition à personnages, ornements et fleurs d'après Bérain. Époque Régence.

196 — Lot de Bordures en satin jaune avec broderies au cordonnet, dessin à arabesques, feuillages en camaïeu bleu.

197 — Petit Bandeau en broderie de la Renaissance sur fond de velours rouge, dessin à arabesques.

198 — Lot de Broderies de soie rouge sur fond de toile. Travail de l'Herzégovine.

199 — Pente en ancien cuir de Cordoue, fond d'or, dessin en polychrome.

200 — Petit Panneau en ancien velours de Gênes, dessin en cramoisi sur fond d'or.

201 — Portière en toile imprimée de l'Inde, dessin à paysages.

202 — Coupe d'ancien damas de Lyon, grand dessin ton sur ton cramoisi.

L. 25m80.

203 — Écusson en broderie aux armes royales de France entouré de l'ordre du Saint-Esprit.

204 — Petit Bandeau à grandes fleurs brodées sur fond de satin rouge entouré d'un galon.

205 — Grand Store en taffetas de Lyon ton crème, dessin transparent aux armes royales de Louis XVIII.

206 — Coupon de Toile de Jouy, dessin à rayures roses enguirlandées et bouquets de fleurs détachées.

207 — Deux Coupons en Toile de Jouy, dessin à bouquets détachés, entourés de festons de rubans.

208 — Beau Châle en crêpe de Chine fond maïs, brodé à fleur de soie et guirlande.

209 — Intéressante Collection de nombreux types d'étoffes anciennes, brodées et brochées.

210 — Grand et beau Panneau décoratif en soie bouton d'or, brodé au plumetis et représentant un paon perché sur une balustrade dans un paysage en fleurs et animé d'oiseaux, cadre recouvert de peluche chaudron.

211 — Panneau en reps de soie gris perle, orné d'applications moirées gris et bleu au chiffre de la reine Marie-Antoinette.

212 — Grand et beau Tapis carré de style persan, fond de drap noisette richement orné d'applications, dessin à arabesques et rosaces polychrome, bordure fond mauve.

213 — Grande Portière en drap gris cuirassier, ornée d'applications multicolores, dessin perroquets, papillons et oiseaux de toutes espèces au milieu de branchages fleuris.

214 — Panneau en reps de soie écrue, encadré d'applications d'arabesques et drap d'or.

215 — Grande Portière en drap bleu de roi, avec bordure en drap d'or fleurdelisé bleu, relevée à l'angle par une fleur de lis garnie de galons d'or. Style Henri II.

216 — Douzes types de Portières ou Rideaux en drap de différentes nuances, ornés d'applications à dessins variés. (Sera divisé.)

217 — Grande Portière en satin jaune, dessin ibis dans un paysage Style japonais.

218 — Sept types de Portieres en satin et soierie de différentes nuances ornés d'application à dessins variés. (Sera divisé.)

219 — Cinq types de Rideaux en toile écrue avec applications, dessins variés. (Sera divisé.)

220 — Lambrequin et Panneau en reps vert ornés d'applications veloutées d'Aubusson, dessin à corbeilles et guirlandes de fruits en polychrome.

221 — Types de Rideaux ou Portières en reps de soie, satin et soierie divers. (Sera divisé.)

222 — Beau Panneau de tenture en moquette, fond havane clair, dessin à rinceaux, fleurs et fruits avec bordure imitant la tapisserie Renaissance.

223 — Petit Panneau en moquette, dessin vue de parc avec pièce d'eau. inspiré de Ducerceau, avec grandes passementeries.

224 — Dessus de porte en drap rouge orné d'applications de drap noir avec inscription : SALVE.

225 — Panneau et deux Bandes en satin noir brodé à fleurs et oiseaux.

226 — Coussin en satin maïs brodé au dragon.

227 — Dessus de Pouf en drap gris, broderie bleue et rouge.

228 — Lambrequin en satin vert pérido, brodé de soie à guirlandes de roses et nœuds de rubans avec glands.

229 — Petit Tapis en toile de Perse brodé à rosaces et arabesques en rouge et vert.

230 — Deux Tapis anciens d'Orient, travail d'applications et de soutaches dit mosaïque, dessin à arabesques et rosaces.

231 — Tapis incomplet de Perse, dessin applications et soutaches. Travail ancien.

231 *bis* — Lot d'Echantillons de broderies diverses.

232 — Bandeau en peluche gris fer brodé à guirlandes de fleurs et nœuds de rubans. Style Louis XIII.

233 — Beau Panneau en satin rouge de Chine richement brodé de soie représentant une femme tenant une corbeille de fruits près d'un jeune daim : bordure à arabesques de fleurs.

234 — Grand et beau Bandeau en satin rouge de Chine offrant en broderie de soie polychrome, des cigognes, des cerfs et un éléphant blanc portant des vases de fleurs, encadré de fleurs et de chauve-souris avec grecques et pivoine aux écoinçons.

235 — Quatre Robes de mandarins en satin noir et gros bleu brodées de fleurs et de papillons.

236 — Coussin en satin brodé de Chine à personnages.

237 — Quarante-deux Coupes de velours dit de Gênes, dessins variés sur tons de différentes nuances. (Sera divisé.)

238 — Six Coupes de bordures en velours dit de Gênes, dessins variés, tons de différentes nuances. (Sera divisé.)

239 — Dix-sept Coupes velours, dit de Gênes, dessins variés sur fonds de différents tons. (Sera divisé.)

240 — Quarante Coupes de lampas, dessins de différents styles en tons variés. (Sera divisé.)

241 — Neuf Coupes de bordures en lampas de différentes nuances.

242 — Seize Coupes de damas de diverses couleurs. (Sera divisé.)

243 — Douze Coupons de brocatelle de différentes nuances, mesurant 1m,65 de largeur. (Sera divisé.)

244 — Quatre Coupons de brocatelle, nuances diverses, de 1m40 de large.

245 — Trente-cinq Coupons de brocatelle, tons variés, de 0m55 de large. (Sera divisé.)

246 — Sept Coupes de lampassettes de différentes nuances, de 1m65 de large.

247 — Six Coupes de satin, différents tons, de 1m40 de large.

248 — Cinq Coupes de satin, différents tons, de 0m70 de large.

249 — Nombreuses Coupes d'imberline, de pekin, de cannetilés, de damassés laine et soie. (Sera divisé.

250 — Velours et Étoffes diverses pour ameublements. (Sera divisé.)

251 — Nombreux Rideaux et Coupes de mousseline et tulle brodé pour stores et vitrages. (Sera divisé.)

252 — Trois grands Rideaux ou Stores, en tulle, applications. Dessins Louis XVI.

RED. :

23

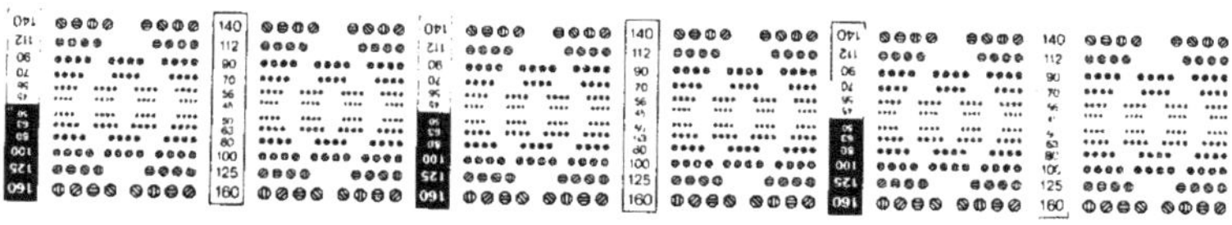

379 89 70
graphicom

0 1 2 3 4 5 6 7 8 9 10

MIRE ISO N° 1
NF Z 43-007
AFNOR
Cedex 7 · 92080 PARIS-LA-DEFENSE

www.ingramcontent.com/pod-product-compliance
Ingram Content Group UK Ltd.
Pitfield, Milton Keynes, MK11 3LW, UK
UKHW032022260826
14628UKWH00006B/2670

9 782329 341071